Paolo Gherardino

Il gatto non soffre di vertigini

MNAMON

Sommario

Uno zibaldone senza pretese

Per doveroso rispetto all'Autore del vero Zibaldone, per antonomasia il libro che così titola, non potevo certo chiamare questo mix di racconti / poesie / argomenti / eccetera allo stesso modo.

Anni fa, nel nostro terrazzo, arrivava da non si sa dove una gattina, deliziosa, dal pelo soffice come pelliccia.

Dapprima si fermava un'oretta, poi più ore, infine non ci ha più abbandonati e si è installata da padrona nel nostro sottotetto, la nostra casa. Da dove arrivasse, all'inizio non sapevamo, anche se si immaginava che giungesse attraverso i tetti da una casa non lontana.

Dopo qualche tempo i veri padroni, evidentemente estremamente liberali, data la libertà che le consentivano, dovendo spostarsi in altra città vennero a reclamarla e noi non ci opponemmo, comprendendo le loro esigenze.

Nel distacco da Musci, così l'aveva chiamata onomatopeicamente mia moglie, distacco doloroso, come si può immaginare, da quella che ormai era diventata una persona di casa, accompagnammo la micia a casa sua, curiosi su come facesse per trasferirsi dal palazzo limitrofo al nostro.

La padrona, desiderando per l'appunto la massima libertà per la gattina, aveva piazzato un'assicella di legno, della larghezza di non più di 20 centimetri, al di fuori della finestra del bagno: quando questa era aperta, Musci poteva saltare sull'assicella, percorrerla per circa un metro e, da qui, salire sul tetto, da dove poi approdava al nostro terrazzino.

Ecco svelato il mistero della provenienza.

Il bello è che l'assicella si trovava al quarto piano, a una quindicina di metri dal suolo ed ovviamente non aveva parapetti.

Ma il gatto non soffre di vertigini ed affronta qualsiasi precipizio pur di scoprire le cose diverse che gli stanno intorno e che potrebbero interessarlo, curioso com'è.

Perdonate dunque questo insieme di esternazioni, prendetele come un'avventura tra le idee che balzano alla mente, a volte all'improvviso, senza apparente ragione, altre stimolate da avvenimenti contingenti, altre ancora da un sogno in una notte di sonno, altre infine dalla libertà che ci concediamo di navigare nell'incognito, a volte con un senso di vertigine.

Abraham Maslow

 A molti il nome di Maslow, per la precisione Abraham Maslow, probabilmente non ricorda nulla di particolare, non risveglia immediate connessioni con avvenimenti o libri o particolari espressioni del pensiero e della creatività umani.

Eppure la sua presenza nei discorsi quotidiani, quando si parla dei massimi sistemi e non solo, quando si vuole indagare un po' più a fondo sulla natura dell'uomo, è costante. Perché tutti, più o meno, si saranno trovati a disquisire di bisogni primari e secondari.

Maslow ha appunto il merito di avere messo in riga le necessità che fanno dell'uomo quello che è, con le sue pulsioni, le sue aspirazioni, le debolezze e le aspettative o le delusioni e così via, senza dilungarci in tutti quei sentimenti che ci porterebbero ad un elenco inutilmente lungo.

Maslow non era uno qualunque. A parte le sue origini russo-ebraiche, che paiono essere buona semente per le menti brillanti, era uno psicologo di fama, operante nell'Università americana di Waltham, nel Massachussets.

In pratica gli si chiedeva di guadagnarsi il pane quotidiano spiegando per bene come fosse possibile che un operaio o un impiegato dessero il meglio di sé sul lavoro, quali fossero le molle da comprimere per far scattare quelle motivazioni che avrebbero reso un buon servigio al Dio della produttività.

Perché è innegabile che si tratta di una divinità molto ricercata da tutti, governi, industriali e, ovviamente, anche dal singolo individuo. I primi per logici motivi si aspettano di trarre il massimo beneficio dal lavoro e dall'impegno dei propri cittadini o subordinati, anzi è proprio all'impegno che mirano. Il singolo, per motivi diversi, può interrogarsi sul perché le sue giornate trascorrano nella noia o nella tristezza e quali sarebbero le cose cui dedicarsi per trovare quella gratificazione che parrebbe coincidere con un'utopica idea di felicità.

Scusate se è poco: Maslow ha messo ordine in queste cose apparentemente inestricabili e ci ha dato una chiave di lettura potente e illuminante quanto poche ne esistono.

Ha un altro merito. Infatti non è certo il primo che si è occupato delle spinte motivazionali delle persone. Solo che lo ha fatto in maniera totalmente laica. Non ha anteposto il miraggio di un Paradiso di contemplazione o popolato di vergini in trepida e vogliosa attesa del destinato alle gioie dell'anima; né ha posto condizioni, nel senso di "fai questo per ottenere quello". Il suo approccio è di tipo speculativo, di chi, da un punto di osservazione il più possibile neutro, cerca una spiegazione di causa – effetto, i perché di quanto si osserva quotidianamente, e mette sotto una lente di ingrandimento ciò che abbiamo costantemente sotto gli occhi.

Pertanto Abraham Maslow dovrebbe appartenere alla eletta schiera dei pensatori che più hanno saputo interpretare la natura dell'uomo, dopo gli antichi condizionati da religioni invadenti e fuorvianti, dopo la rivoluzione freudiana e le scuole ad essa ispirate e da essa derivate.

Maslow è un bel po' avanti a tutti questi e non si è trovato sinora chi abbia saputo esprimere un pensiero più moderno ed avanzato.

Ma vediamo in che cosa consiste la sua teoria umanistica.

L'uomo è senza dubbio, ne abbiamo continue ed inequivocabili dimostrazioni, costituito da una parte animale ed una "spirituale". In realtà l'uomo è un essere vivente le cui caratteristiche sono integrate e dovute alla complessità della sua costituzione.

La spiritualità si immagina risiedere nel cervello, un organo decisamente sovrasviluppato rispetto agli altri esseri viventi, ma pur sempre un organo, soggetto a crescita, a cambiamenti, ad invecchiamento ed a morte.

Non avrebbe pertanto senso distinguere animalità e spiritualità, categorie che per comodità adottiamo per fini speculativi. Terminato l'inciso, torniamo alla doppia caratteristica e diciamo che alla parte animale attengono dei bisogni affatto differenti da quelli di tipo spirituale.

L'uomo ha fame e sete, patisce il freddo o il caldo eccessivi, ha stimoli sessuali: questi bisogni richiedono di essere soddisfatti. Fin dall'uomo primitivo, la ricerca del cibo, l'avere un rifugio, caverna o palafitta che fosse, l'accoppiamento con altri, erano tra le primarie occupazioni, con la finalità di soddisfare le necessità, che possiamo definire primarie.

In aggiunta, la completezza dell'esistenza si realizzava attraverso lo scambio di opinioni e sensibilità con i propri simili, l'ammirazione delle bellezze del "creato", della natura possiamo laicamente dire, l'esplosione della gioia nel canto o nella declamazione di versi poetici, insomma tutto ciò che rende interessante la vita. E questi li chiamiamo bisogni secondari.

Ciò vuol dire che sono meno importanti dei precedenti? Che la pancia piena conta più di un'ammirazione estatica di un tramonto ricco di colori all'orizzonte? Che una caverna vale l'alternativa di una casa ben costruita, elegante, con all'interno opere d'arte o raffinatezze esteriori? Quest'ultimo paragone vale a spiegare come fin dalla preistoria il "cavernicolo" ornasse con geroglifici ed immagini di animali le pareti dei propri rifugi.

Ovviamente no. Primario e secondario sono in ordine cronologico, non insorge il bisogno secondario se non risulta soddisfatto il primario.

Bella scoperta! Se ho fame o freddo non mi cerco certamente un libro da leggere che mi mandi in sollucchero la mente; caso mai potrei decidere di bruciarlo per scaldarmi un pochino. In effetti è una verità lapalissiana.

Ma vediamola da un altro punto di vista. Dopo che mi hai nutrito e messo addosso una termocoperta, non pensare di avere creato un individuo soddisfatto, che ti sarà grato per tutta la vita e che, adesso sì, non ha più nulla da chiedere. Al contrario, le sue richieste potrebbero divenire più pressanti e difficili da soddisfare: comincerà a chiederti che cosa ci deve fare lui a questo mondo, perché non gli dai qualche cosa che gli occupi la mente ed il tempo, vorrà partecipare alle tue decisioni ed affiancarti nel dare cibo e protezione ad altri individui. Insomma, lungi dal coccolarsi sulla primitiva soddisfazione, addirittura dimentico di quanto quella condizione gli fosse di peso e lo angustiasse, chiederà cose nuove, gratificazioni nuove. Badate, dice Maslow e noi con lui, non si tratta di cattiveria o di mancanza di riconoscenza, è l'individuo che è siffatto, non può farci niente: dopo le primarie vengono le necessità secondarie, naturalmente, senza che se ne debba ricordare o che le debba suscitare.

È un nuovo sguardo all'orizzonte quello che si ritrova ad avere, non più limitato al breve della ricerca di un panino da addentare o di una donna da possedere (il sesso però lo lasciamo a considerazioni più complesse ed articolate che seguiranno). Ora il mondo ha un colore diverso, sembra più attraente, gli riserva scoperte ben più appaganti, un mare inesplorato nel quale naufragare alla ricerca delle cose che veramente contano nella vita. Altro che pancia piena!

E con questo abbiamo finito di usare la scure, dividendo l'esistenza in due grosse fette: la metà che è fatta di bisogni corporali o primari, l'altra di soddisfazioni dello spirito e della mente o secondarie.

La scure serve, semplifica e, quindi, chiarisce i termini del problema, mette giù i principi ed è di questi di cui abbisogniamo per interpretare il mondo che ci circonda o, se preferite, ci sovrasta minaccioso, spesso poco comprensibile.

Ma la realtà è fatta di sfaccettature, non è un bel tondo o un lineare quadrato, è tutta un bitorzolo, un colabrodo che fa passare eccezioni ed apparenti contraddizioni, a volte mettendo in discussione ciò che faticosamente, a spese di grandi elucubrazioni, si è conquistato.

Passiamo subito ad esemplificare, per chiarire. Prendiamo per l'appunto il sesso.

Si tratta di uno dei bisogni primordiali, non in senso dispregiativo: ciò che è naturale è da accettare e da scrivere nel quaderno delle cose logiche ed inconfutabili. La pulsione sessuale è in tutti gli esseri viventi, è il motore del mondo in quanto costringe ogni specie a procreare. Se per qualche motivo la riproduzione non supera il numero degli individui che si perdono per strada, se cioè non vi è un rimpiazzo sufficiente, la specie è destinata a sparire, come peraltro è successo, succede, succederà per migliaia di specie.

Per questo madre natura ha posto nell'atto sessuale la sensazione fisica più piacevole, il godimento di tutto il corpo. Da una certa età in poi si scopre naturalmente questa delizia e si sente il bisogno di "condividerla", in genere, ma non necessariamente, con individui di sesso opposto.

Nell'uomo questa pulsione ha assunto nel tempo aspetti intellettuali. Mi riferisco a deviazioni dal rapporto che sembrerebbe essere il più naturale, nel predetto senso della necessità della specie di assicurare la propria continuità nel tempo, cioè con la finalità del procreare. Esso è diventato possesso (si noti la strana continuità delle parole sesso e possesso), dominio, manifestantesi quest'ultimo in atti di violenza non sempre ben accetti dalle parti in gioco, senso di conquista, allorquando la società evolvendosi stabilisce regole di comportamento per la donna, al fine di salvaguardarne una purezza destinata al maschio che la sposerà. E così via, in un pozzo senza fondo di modalità di intendere il rapporto tra gli umani. Si pensi anche all'intervento della chimica a favore del piacere, eludendo la legge naturale mediante gli anticoncezionali o prolungando nel tempo l'attitudine al godimento per fasce d'età che dovrebbero esserne fuori.

Possiamo forse negare che questo bisogno così naturalmente primario, primordiale, iniziatico, non si sia evoluto, assumendo un involucro intellettuale? Che non sia divenuto ormai un bisogno nel quale è difficile distinguere se sia prevalente la pulsione fisiologica, che ne è indubbia origine, rispetto all'arricchimento ed alle qualità di cui la fantasia, espressione questa tra le più nobili del pensiero, riesce a contornarla?

La risposta scontata a queste domande retoriche costituisce forse il limite del teorizzare filosofico della teoria maslowiana, importante perché mette in guardia da eccessive semplificazioni, senza tuttavia nulla togliere alla semplicità ed alla verità che tale teoria ci disvela.

La teoria di Maslow è stata alla base di un movimento culturale ed organizzativo che si è interessato della motivazione delle persone sul lavoro.

Fino a Maslow prevaleva il concetto della monetizzazione come unica molla che motivasse la persona a sgobbare e a dare sempre di più. Dopo di lui il nuovo approccio verificava che l'individuo può anche sgobbare di più, ma lo fa senza un reale interesse a ciò che fa o produce. Come conseguenza il frutto di un lavoro non motivato è un lavoro scadente, zeppo di errori, poco creativo e privo di spinte al miglioramento.

Il lavoro parcellizzato, che era stato l'artefice, insieme al cottimo, suo indissolubile fratello, dell'aumento della produttività, veniva messo in discussione e gli veniva attribuita la responsabilità dell'alienazione dell'individuo, un automa nell'ingranaggio dell'industria automatizzata. Charlie Chaplin descrisse da maestro qual era questa situazione con scene esilaranti di operai che continuavano a muoversi schizofrenici come se fossero ancora davanti alla macchina, pur essendo nel momento di pausa o a fine orario.

Nacquero negli anni '70 concezioni organizzative che puntavano su lavori di maggior contenuto, che dessero ai lavoratori l'idea di lavorare per realizzare un prodotto utile alla società, piuttosto che eseguire movimenti ripetitivi avulsi dal ciclo complessivo di produzione. I gruppi di lavoro, dove più persone si occupavano di una fetta significativa del ciclo produttivo, dividendosi i compiti ed alternandosi sulle operazioni più noiose, divennero il nuovo vangelo al quale tutte le aziende si uniformarono, quale più. quale meno.

Questo conciso excursus sull'evoluzione organizzativa degli anni 70, tuttora imperante, serve a dare l'idea della rivoluzione che il pensiero di Maslow apportò non solo in sociologia e filosofia, ma nel mondo dell'economia e del lavoro.

Gli stessi movimenti studenteschi ed operai del '68 sono debitori di molte idee a questo pensiero rivoluzionario.

Ricordo di Aylan

Lambisce la battigia
un mare lento
sazio di corpi,
la sua profonda pancia
ha troppo di cadaveri.

Questo lo restituisce.
Jeans blu, maglietta rossa
innocenza e inconsapevolezza
tra tanta disperazione

"Forza, salite!"
Papà? Mamma?
Si parte.
Ho paura.

Questo il mare lo restituisce.
Jeans blu, maglietta rossa

braccine stese, inerti
il viso nascosto
girato sull'umida sabbia.

Questo è figlio degli uomini
è dell'universo
questo è il figlio di Dio
per la vostra salvezza.

Amore è ovunque

Eh sì, l'amore è tutto. È alla base di tutto.

Ma bisogna prima capire qual è l'origine dell'amore, per metterlo al principio. Molti infatti lo collocano in seconda piazza, dopo l'istinto di sopravvivenza che coincide poi con la conservazione e la prosecuzione della specie. L'amore sarebbe pertanto quella sorta di meccanismo che fa sì che individui, possibilmente di sesso opposto, si incontrino e decidano di fare qualcosa di piacevole, che si concretizza poi in un bel pupone che farà altrettanto con una bella pupona, quando il fato vorrà farli incontrare. La cosa sembra plausibile, ma pone interrogativi.

Se l'amore è un *escamotage* della natura per farci procreare, laddove non c'è possibilità di procreazione come la mettiamo? Per esempio nelle coppie omosessuali o in partner etero ma troppo anziani. È fuor di dubbio che anche nei loro cuori si origini il sentimento amoroso. E allora?

Semplice: le eccezioni confermano la regola. Non solo, ma ciò non è in con-

trasto con la volontà della natura di farci procreare: se poi qualche volta si sba-
glia, bè, succede, fa parte del gioco.

È pur vero che a volte l'amore parte dal
sesso e non viceversa. Due si incontra-
no, scoppiano dalla voglia di fare l'amore, che non vuol dire essere innamorati
ma semplicemente essere sopraffatti dal
desiderio sessuale, da lì trovano che gli
va, che quella personcina altra ha occhi irresistibili, guance pienotte, nasino
all'insù e non possono più farne a meno.
Mentre l'altra, quella con il nasino ecc.,
non ne vuole più sapere e se ne strafrega
e si rende uccel di bosco. Eh, sì, quante
ne abbiamo viste.

Una precisazione! Vengo or ora da una
discussione tra amici dove qualcuno si è
spinto a mettere in dubbio addirittura
il significato di amore. Il suo discorso,
invero provocatorio, è stato: amore che?
per il denaro? il potere? lo star bene alla
faccia dell'altrui disagio?

A queste domande si sono verificati nu-
merosi distinguo.

Qualcuno ha detto: l'amore è dell'uomo
per la donna e/o viceversa; gli altri amo-
ri sono un uso improprio del sostantivo
per significare le distorsioni umane e la

tendenza all'adorazione dell'idolo d'oro. L'amore di cui si parla in senso stretto è altro, nasce nel cuore e in altre parti sensibili del corpo umano, non nel calcolo e nella cupidigia.

Altri hanno obiettato che, quand'anche si sostenesse la genuinità degli affetti per potere, denaro, eccetera, si tratterebbe di una patologia indotta dal consumismo, da curare psichiatricamente nelle sue forme estreme.

Non è mancato chi ha sostenuto che quelle passioni sono pur sempre una derivazione della primigenia attrazione per l'altro (o stesso) sesso, in quanto la società porta a legittimare le unioni e queste, a loro volta, si basano sul possesso e sulle disponibilità economiche per sopravvivere.

Infine, parente della precedente giustificazione, si è riconosciuto che denaro e potere sono pur sempre un voler primeggiare e destare l'ammirazione e che questa volontà è figlia del mettere in mostra le proprie capacità e caratteristiche per farsi scegliere dal partner.

Non dico altro. Vedete voi.

Donna vs Uomo

Queste sono annotazioni politicamente scorrette, lo so, ma non posso fare a meno di esternarle.
Premetto che non sono un fautore del si stava meglio o, peggio ancora, del "se non fosse successo", anzi!
D'abitudine e come costume mentale guardo sempre in avanti.

È per questo desiderio di capire che vorrei dare una risposta alle seguenti domande: quale rivoluzione è avvenuta negli ultimi 50 anni che è riuscita a modificare il rapporto tra i sessi, uomo e donna? Ci sono dei punti fermi che possiamo individuare, sintetizzando all'osso gli eventi di cinquant'anni, senza disperderci in rivoli di mini-episodi? Si è trattato di un ribaltamento o di piccole modifiche?

Apro una parentesi.
La capacità di ridurre ai minimi termini i fatti, che di per sé sarebbero ricchi di infiniti particolari, è una dote dell'intelletto la più produttiva e proficua oltre che la più caratteristica del nostro

cervello e si chiama capacità di sintesi. Prendere un paesaggio e ridurlo in un quadro è impresa stupefacente, se pensiamo a quanto di complesso c'è nel soggetto, migliaia di foglie, sassi e rocce, innumerevoli nuvole che si rincorrono in cielo, che a rappresentarle tutte ci vorrebbe non so quanto tempo, infiniti colori e nuance. L'uomo riesce a sintetizzare e chi non ci riesce manca di una dote precipua e caratteristica del genere umano.

Chiusa la parentesi. Sintetizziamo.

Tra le numerosissime "mutazioni" alle quali assistiamo, mi riferisco a chi ha avuto la ventura di vivere esperienze che occupano un arco temporale di qualche decina d'anni, troviamo nel sociale un nuovo rapporto di coppia nelle generazioni più giovani.

Più rari i matrimoni, più frequenti le unioni di fatto, molte le separazioni dal partner, alcune che avvengono con la rapidità con la quale si sono costituite. Difficoltà a trovare "la persona giusta" con la quale condividere il bene ed il male, come recitava la formula matrimoniale ecclesiastica.

Siccome non siamo solo qui a guardare dalla finestra, ci chiediamo il perché di queste mutazioni, evitando il rischio incombente di scivolare nel banale delle chiacchiere da bar; oppure no, possiamo pur correrlo questo rischio: pillole di saggezza non di rado trovano albergo su un bancone occupato da qualche calice di vino, almeno finché non diventano troppi.

L'evoluzione della presenza femminile e il riconoscimento del suo ruolo come non secondario a quello dell'uomo, sono basilari conquiste della società occidentale. La donna ha avuto modo, nel giro di pochi decenni, di dimostrare le sue capacità e di poter vivere da protagonista in una società avanzata. Tanta ancora la strada da percorrere, tuttavia era impensabile fino a poco tempo fa incontrare donne manager, altre a cui erano affidati incarichi politici di primo piano, altre ancora che primeggiavano nell'imprenditoria, per non parlare dell'arte, dal cinema, alle arti figurative, alle lettere. Si guardi, per un esempio, alle difficoltà che Grazia Deledda, la poetessa sarda cui prima in Italia ha arriso il conferimento del Premio Nobel, ha trovato nel nostro paese, tardivo nel riconoscerne la capacità letteraria ed a considerare importanti le sue opere, "nonostante" fossero state scritte da una rappresentante del gentil sesso.

Insomma, a farla breve, l'altra metà del cielo si è imposta.

Non sempre i cambiamenti provocano un miglioramento, ma per migliorare bisogna cambiare. Esprimiamo in modo equivalente questo sprazzo di saggezza: i cambiamenti provocano miglioramenti e peggioramenti, auspicabile che i primi prevalgano sui secondi, che tuttavia esistono.

Occupiamoci dei cambiamenti nel costume e negli atteggiamenti che il prepotente affacciarsi sulla scena di "una nuova donna" ha provocato nelle ultime generazioni. Facciamolo considerando le cause e gli eventi principali che lo hanno provocato.

Il divorzio è stato un primo, importantissimo giro di boa. La non certezza della continuità del rapporto matrimoniale o, se si preferisce, la certezza della sua potenziale solubilità, ha comportato un oggettivo depauperamento del legame di coppia, derivante dall'unione sacralizzata in chiesa o ufficializzata in Comune.

Un conto è mettersi insieme e sapere che è *forever*: senza scuse e senza inganni dovete stare allegri e sorbirvi l'un l'altra per tutta la vita. Un altro è "sì, oggi si sta bene, ma se mi girano (detto in senso sia maschile che femminile) ti mollo e tanti saluti". Costa? Pazienza, vuoi mettere la libertà? Anzi, diviene utile, oltre che piacevole, abbandonarsi ad esperienze extra-coniugali: "volevo solo sperimentare se eri l'uomo/la donna giusto/a per tutta questa lunga esistenza che ci aspetta e ho voluto paragonarti all'altro/a" (e la speranza di vita si è pure allungata).

Diradiamo dubbi di tipo conservativo: di gran lunga meglio lo scioglimento che l'indissolubilità. Il primo ha sapore di libertà, che sempre viene davanti a tutto, la seconda di forzatura. Ma qui non stiamo discutendo gli assoluti, che per lo più non esistono, bensì cosa influisce su cosa. Da questo punto di osservazione, il divorzio è stato sicuramente un elemento di emancipazione soprattutto femminile e di cambiamento nel rapporto tra i sessi. Perché soprattutto femminile? Il maschio nella nostra società ha sempre fatto il bello ed il brutto, poteva concedersi scappatelle, erano addirittura una nota di merito, tacche da segnare da qualche parte come medaglie al valore, oppure poteva ripudiare una moglie scomoda. Per la donna l'adulterio era addirittura reato!

Un altro fattore di cambiamento molto forte, ma ho un certo timore a dirlo per gli strali che indubbiamente e, aggiungo, meritatamente mi attirerò, è... la benedettissima pillola anticoncezionale. Possiamo infatti dividere il rapporto con il sesso ante e post pillola. Non si tratta solo di autodeterminazione e di scelta del momento o del luogo o del periodo della propria vita di procreare: elementi comunque importanti nella vita di coppia o di single.
Qui la donna acquisisce una reale parità con l'uomo e può gestire la propria sessualità senza preoccuparsi di conseguenze poco gradite o indesiderate. Non c'è bisogno di essere donna per capire quanto questo abbia influito nei rapporti. Se già prima, sotto sotto, era il ses-

so debole a "concedersi" ai desideri maschili, adesso la sua libertà di scelta del partner diventa conclamata prerogativa.

Divorzio e pillola, per sintetizzare il concetto, o libertà di stare insieme, in tutti i sensi, per una sintesi *political correct*, sono i due cambiamenti che nessuna epoca ha conosciuto, peraltro non ascrivibili a tutte le civiltà che popolano questo sempre più complicato pianeta.

Mentre la donna sta vivendo un vero e proprio trionfo di emancipazione, il maschio soffre di una crisi di identità, dovendosi adattare a un sistema a lui ignoto. Trasportato in un secondo da un luogo in un altro mai visitato, il panorama che gli si presenta è mutato, soprattutto se paragonato a quello che viveva all'interno della famiglia "tradizionale", per intenderci quella indissolubile. Qui erano distinti i ruoli: il padre, l'uomo di casa, che viveva fuori, al lavoro, e portava la pagnotta per sfamare tutta la famiglia; la donna, con un ruolo non meno importante e di responsabilità, ma misconosciuto, che mandava avanti la casa, occupandosi delle faccende domestiche e del suo funzionamento, oltre che dell'educazione dei figli. Le decisioni, quelle vere ed importanti, discusse tra i due venivano alla fine apparentemente prese dal padre, ma frequentemente si trattava di porre un sigillo a quanto suggerito dalla madre.

Due ruoli nettamente ritagliati, con mansioni e responsabilità precise, che trovavano un incontro nei momenti particolarmente decisivi per la famiglia.

Questo modello è certamente mutato, anche se non si è ancora assestato e manca una profilazione precisa e chiara. Non è detto che non si arrivi o si possa puntare ad una struttura flessibile, che non fissi i ruoli in modo definitivo, ma li adatti alle personalità ed alla comodità dei protagonisti. Tuttavia nei momenti di transizione è comprensibile ed intuibile un imbarazzo ad interpretare e ad accettare radicali diversità.

Ricordo il figlio di un caro amico, sposato a una giovane e bella ragazza. Entrambi laureati e, fortunatamente, occupati. Dopo un paio d'anni di vita insieme, con alti e bassi, sembravano sull'orlo di separarsi non riuscendo a trovare una continuità nel loro rapporto. Il mio amico aveva una famiglia tradizionale, la moglie casalinga e lui impegnato in una multinazionale, nella quale era direttore di non so cosa. Era un tipo autoritario, che portava in famiglia l'abitudine al comando che il suo lavoro comportava.

Un giorno il giovane trovò il coraggio di dire alla partner che la loro "storia" poteva considerarsi conclusa e che era tempo che ciascuno proseguisse per un'autonoma esistenza.

Ma il diavolo fa le pentole e non i coperchi. Senza batter ciglio la giovane moglie, con aria candida, gli annunciò di aspettare il loro figlio. Veramente, gli disse semplicemente di essere incinta, chissà, forse riservandosi un pizzico di suspense per il quasi ex partner.

Tutto divenne più complicato e infine i due si arresero all'amore per il nascituro e alla volontà di assicurargli una famiglia unita e completa e si instaurò una convivenza accettabile. Ma quanti, pur di fronte a tale emergenza, hanno preferito concludere il loro rapporto, con un figlio strattonato di qua e di là.

In questo caso i genitori hanno preferito sacrificare le proprie divergenze. Ma

sono tanti i casi come questo? O piut-
tosto più frequenti le separazioni *tout-court*, senza preoccupazioni e rimpianti.

In Italia nel 1995 per ogni 1.000 matrimoni erano 158 le separazioni e 80 i
divorzi, nel 2012 si arriva a 311 separazioni e 174 divorzi.
Ciò significa che un matrimonio su due
va in frantumi. Senza contare le unioni
non ufficializzate da matrimonio.
È o non è una rivoluzione nel concetto
di coppia? Inutile gioirne: le rivoluzioni
hanno sempre vincitori e vinti...

Corruzione ed evasione
c'è rimedio?

Quando si parla di risanamento dei conti pubblici e delle risorse disponibili, il tormentone gira attorno a due lotte imperiture: alla corruzione ed all'evasione fiscale.

L'insistenza su questi due argomenti, io la sento da oltre mezzo secolo, da quando sono nato, suona alle mie orecchie come una presa per i fondelli, tanto che mi chiedo come mai l'argomento non divenga obsoleto.

I problemi che non si riesce a risolvere hanno caratteristiche precise:

- sono complicati, molto complicati ed è obiettivamente difficile porvi mano

- manca la volontà di risolverli: non vengono affrontati seriamente, in quanto la loro soluzione determinerebbe conseguenze più negative che il lasciarli irrisolti

- non esistono, sono falsi problemi, quando li si affronta ci si trova davanti a un nulla.

Mi sembra che non vi siano altre possibilità e vediamo dunque di affrontare questo argomento immaginando l'appartenenza a ciascuna di queste categorie.

Un'altra premessa è necessaria: lotta all'evasione e alla corruzione non sono la stessa cosa. Sono sicuramente parenti, ma ciascuna va affrontata per suo conto. Se si mischiano non si arriva a nulla mentre, se si affrontano l'una distinta dall'altra, si può sperare di combatterle. Infatti il nostro intento è di dimostrare che esse appartengono alla categoria dei problemi solubili: ci riusciremo?

Prima di tutto dobbiamo chiederci se esistono evasione e corruzione e se sono eliminabili.

Che esistano non dovrebbero esserci dubbi. Ognuno di noi si trova ad avere a che fare con la micro evasione, quella degli scontrini mancati, delle ricevute fiscali non date e questo in ogni luogo, dal parrucchiere al ristorante al bar al negozio. La somma di queste micro fa una macro e non è difficile quantificare e confermare che si tratta di parecchi soldi.

Ci sono poi le medie evasioni, quelle che coinvolgono spese più consistenti, anche se non si tratta ancora di grosse cifre, diciamo tra i 500 e i 2-3 mila € cadauna: le fatture di geometri o ingegneri per le ristrutturazioni domestiche, le parcelle di avvocati, notai, commercialisti, medici e altri professionisti in genere. Mi si dirà che in ogni caso non sfuggono al fisco in quanto ci sono gli studi di settore, cioè il guadagno che il fisco presume che debbano fare questi soggetti nell'esercizio della loro professione, che li incastrano. A parte che questi studi sono a volte un po' iniqui perché rischiano di far pagare cifre uguali a chi guadagna di meno e a chi invece naviga a gonfie vele, tuttavia, quand'anche fossimo nel giusto, sono numerosissimi i professionisti che preferiscono in ogni caso farsi pagare in nero, per non parlare di quelli che addirittura non figurano negli Albi e lavorano totalmente al buio, invisibili all'Agenzia delle Entrate. Di che importi globali parliamo? La stima si fa più ardua, ma è fuor di dubbio che stiamo parlando di cifre importanti.

Infine vi sono i grandi evasori, quelli che non figurano neanche negli elenchi dei contribuenti o le aziende che accantonano fondi neri con vari trucchi. E siamo alla terza certo grossa cifra che, sommata alle due precedenti, non può che fare un fracco di denaro sottratto al fisco.

La stima ufficiale parla di 20 miliardi di €. Non ci interessa sapere se sia precisa o meno, sappiamo solo che parliamo di un ordine di grandezza che dovrebbe richiedere un'importante attenzione da parte di chi tali valori deve riscuotere, in ultima analisi lo Stato.

Ma fermiamo le elucubrazioni teoriche e lasciamo l'approfondimento ad un immaginario dialogo fra i soggetti coinvolti. Protagonisti sono i cittadini, i governanti, l'Agenzia delle Entrate, la Guardia di Finanza.

L'ambiente è il Parco Sempione, a Milano, "capitale" dell'italico business. Un ambiente disteso, con gli uccellini che cinguettano, le fronde degli alti alberi che stormiscono alla leggera brezza primaverile, il passeggio morbido sui sentieri di terra battuta di chi accompagna un cane a fare i suoi bisogni, le frasi sussurrate tra giovani coppie che hanno bigiato la scuola per acquattarsi e celebrare i primi palpiti amorosi.

Due giovani siedono ad una

panchina, uno appare già nel
mondo del lavoro, giacca e
cravatta, l'altro vestito casual,
ancora uno studente.
Conversano tra loro.

Agenzia Entrate

Siamo perfettamente d'accordo sull'a-
nalisi fatta, ma non sintonizzati. Come
cittadini la pensiamo come voi, ma come
Responsabili del servizio di riscossione
dobbiamo pur sempre uniformarci agli
input che ci vengono dalla politica, vale
a dire dal Governo. E non date per scontato che questi siano sintonizzati con le
nostre convinzioni di cittadini. Sono
a dir poco ondivaghi e seguono mute-
volmente il clima che si instaura nella
nazione: quando c'è da chiedere soldi
con nuovi balzelli, sono tutti a dire che
esiste questa grande riserva dell'evasione ma, sbollita l'urgenza, quando tutto
tace, tace anche la sollecitazione all'intervento deciso e determinato.
Per non parlare delle contraddizioni.
quando si sente odore di elezioni, tutti a
reclamare la necessità di punire gli evasori, ma ben attenti a non scontentare le

categorie di contribuenti, che in fin dei conti sono voti e quindi vanno tranquillizzate e coccolate.

Cittadino 1

Ma qui non si capisce più niente: li perseguiamo o no questi benedetti evasori? Si può avere una risposta fatta di due lettere: sì o no?

Agenzia

No, non si può avere. Ci sarebbe il classico ed italico ni, il bel paese là dove il ni suona, avrebbe fatto meglio a scrivere l'Alighieri.

Cittadino 1

Ma voi non dovete rispettare un mandato, le leggi? Chi comanda?

Finanziere
Si avvicina

Scusate se faccio sentire anche la mia. Leggi? Certo che ci sono ed abbiamo ben presenti i nostri compiti. Ma ditemi un po' voi. Quando andiamo a fare le ispezioni a sorpresa dai negozianti, si alza il coro di proteste perché disturbiamo i cittadini e i turisti e non è questo il modo. Se andiamo dai professionisti, blocchiamo il loro lavoro e siamo contro la produttività e, ancora, non è questo il modo. Se non facciamo niente, ma cosa ci sta a fare un corpo militare che dovrebbe occuparsi di stanare gli evasori e applicare le regole della finanza pubblica.

Cosa fareste voi? Le leggi? Non parliamone, un guazzabuglio continuo con interventi modificatori ad ogni cambio di Governo, con i cittadini incapaci di districarsi in una vera e propria giungla normativa. Noi stessi aspettiamo circolari e decreti attuativi per capire bene cosa si deve fare, quando si riesce a capire!

Ma non scherziamo! Chiediamoci piuttosto se tutta questa confusione, tutta questa nebbia che ci avvolge, non sia creata ad arte, per impedire un'azione vera e concreta. Il famoso cambiare tutto per non cambiare niente.

Ciò detto, si alza e, fatto un
lieve inchino e semi-saluto
militare, prende sottobraccio
l'Agenzia ed esce dalla comune

Cittadino 1

Hai sentito? Qui nessuno ha responsabilità. È possibile?

Cittadino 2

A ben vedere si ha l'impressione che scarichino tutti sul governo e la classe politica, interessata solo al proprio tornaconto ed alla propria rielezione. Se potessero, i politici starebbero in campana per non disturbare nessuno pur di essere rieletti.

Cittadino 1

Quindi dovremmo arrenderci, dichiarare l'impotenza generale; anche il voto che diamo a questi bellimbusti sembra non servire, dato che poi se ne fottono delle promesse elettorali e seppelliscono tutto sotto qualche centimetro di inazione, per poi tirare fuori il tutto alla prossima scadenza elettorale.

Politico 1

Posso? Ero seduto al tavolino poco lontano da voi e mi è capitato...

Cittadino 1

... di ascoltare involontariamente la nostra conversazione! Sentiamo di chi è il turno: lei chi è?

Politico 1

Permettetemi di presentarmi: Onorevole XY, del Partito che sostiene la coalizione governativa.

Cittadino 2

Bene, lupus in fabula... ehm, scusi per il lupus, non era voluto...

Cittadino 1

Voluto no, forse freudianamente scappato...

Politico 1

Bando a queste battute. Ci siamo ahimè abituati ed ormai quasi non ci offendono.

Cittadino 1

Beh, questo dovrebbe già suscitare in voi una certa riflessione... Scommetto che, visto che stupidi non siete, sicuramente l'avete già fatta ma il risultato non è tale da modificare il vostro atteggiamento nei confronti della nazione: nel senso del domandarvi se viene prima il vostro di interesse o quello di noi cittadini. Ma sentiamo cosa ha da dirci.

Politico 1

Non voglio nascondermi dietro a un dito... tanto più che ci troviamo in un ambiente neutro, senza microspie od intercettazioni o cronisti televisivi. Quindi ve la posso cantare pari pari.

È vero, nella politica c'è molto interesse personale e molto malaffare. Ma mettetevi nei nostri panni. Se vogliamo fare del bene alla nazione, non basta un mandato, primo perché il mandato non sappiamo neanche se e quanto può durare, con questo vento di elezioni anticipate che ogni tanto si solleva a scompigliare i piani di medio periodo, per non parlare di quelli di più lungo. In secondo luogo, con la complicazione che è intervenuta nella gestione della cosa pubblica, ci vogliono più anni e più legislature per far radicare il cambiamento in una popolazione avvezza al "fatte li cazzi tua", parafrasando l'imitazione che di Razzi ha ormai consegnato ai posteri Crozza.

Di conseguenza, ci troviamo nella necessità di farci rinnovare il mandato, altrimenti le cose che stiamo portando avanti vengono vanificate da qualcuno che la pensa diversamente.

Cittadino 1

Scusi, tanto per non equivocare, lei ci sta dicendo che il sistema dovrebbe lasciare al governo le stesse persone per almeno 10 anni?

Politico 1

Lei giustamente arriva all'osso del discorso. No, siamo in democrazia e non esiste alcun sistema planetario che consenta questa *governance*. Forse l'americano, che lascia un Presidente in carica per 8 anni, dato che il primo mandato di 4 viene normalmente esteso, gli assomiglia. Anche lui comunque non può permettersi grandi colpi di coda se vuole essere rieletto.

Diciamo che, volendo conservare una parvenza di democrazia, il politico che resta in carica 5 anni ha sempre in mente che per farsi rieleggere non deve rompere i cosiddetti a troppe categorie di persone.

Cittadino 2

Va bene, è inutile che ci giriamo intorno, siete come quegli assassini che accusano la società delle loro malefatte: non è colpa loro se hanno premuto il grilletto, non si sarebbero mai sognati di farlo, è stato l'ambiente, l'educazione ricevuta da piccoli... In questo modo però nessuno è responsabile delle sue azioni. Lei arriva a dire che, per continuare a perseguire l'obiettivo di instaurare un clima di buone regole, bisogna... non perseguirlo, altrimenti quelli che scontenti, che non sono mai pochi, non ti consentono più di stare nella stanza dei bottoni. È affermazione ben strana da addurre, anche se non priva di logicità.

Cittadino 1

Tanto più che la causa di questo atteggiamento va ricercata all'interno del sistema e, in particolare, nel comportamento di voi politici, che ormai considerate il vostro un mestiere, non una missione. I lauti stipendi e relativi corollari producono un tale collante alle poltrone che fa anteporre le azioni per essere rieletti a quelle per il bene della nazione. C'è qualcosa di sbagliato in tutto questo, qualcosa che sembra portarci fuori tema, che ci conduce alle origini dell'etica e del senso morale di noi italiani. Sta di fatto che quando ricevete il nostro voto, noi ci aspettiamo che portiate avanti il vostro programma senza tentennamenti. Se tutti fossero di questo parere, forse verrebbe meno ciò che vi impedisce di realizzare quanto promesso in campagna elettorale.

Politico 1

Il vostro ragionamento fila, ma presuppone, come voi dite, un senso morale che è arduo ritrovare non solo nella classe politica, ma in tutto il paese. Ed io ho seri dubbi che si possa creare in tempi brevi, anzi, direi *tout court* che si possa creare, punto.

> Entra in scena un uomo vestito in maniera casual
> con una felpa di color verde,
> con la scritta
> "mai con loro"

Politico 2

Scusate, mi è capitato di ascoltare alcune vostre battute, mentre nella panchina accanto leggevo il giornale, e mi chiedevo se potevo dare un contributo alla vostra interessante conversazione.

Cittadino 1

Prego, si accomodi, abbiamo piacere di sentire un'altra, con rispetto parlando, campana.

Politico 1

mmh, non credo proprio che otterremo lumi sull'argomento da uno della vostra corrente.

Politico 2

Mi consenta, se ha detto qualcosa lei, figuriamoci se non posso essere io a raddrizzare argomenti mal gestiti.

Politico 1

Ecco che comincia...

Politico 2

A proposito dell'evasione, è evidente che la compagine governativa non abbia la minima idea di come...

Politico 1
interrompendolo

Perché, ce l'avreste voi? Ma se...

I due politici cominciano
a parlare l'uno sulle parole
dell'altro rendendo incom-
prensibili i discorsi

Cittadini 1 e 2
All'unisono

Calma, calma.

Cittadino 1

Qui non siamo alla televisione, nessuno vi ascolta, è inutile che facciate il vostro abituale show. Se avete voglia di discutere, possiamo farlo, basta che si parli ciascuno per volta.

Cittadino 2
i due si sono zittiti

Bene. Visto che siete qui ed avete qualche minuto da dedicarci, parlateci dell'altro problema: la corruzione della classe politica e dirigente in generale.

Al sentire la parola corruzione
i due politici alzano improv-
visamente la testa, sembrano
guardarsi intorno con sospetto
e paura, alla fine fanno per
alzarsi

Cittadino 1

Suvvia, non preoccupatevi. Ve lo chiediamo in generale e non siamo la Guardia di Finanza. Vorremmo sapere cosa ne pensate. Avete la coda di paglia?

Politico 1
rasserenato

Chi, noi della maggioranza? Ah, ah, ah. Mi vien da ridere. Semmai sono loro che quando sono stati al governo ne hanno fatte di cotte e di crude (indica il Politico 2).

Politico 2

Visto che non siamo in televisione, che voi non siete la Guardia di Finanza, che non avete un registratore acceso in tasca...

Cittadino 1 e 2

Certo che no!

Politico 2

Bene, è vero, è un magna magna forsennato. Non tutti, intendiamoci, ma quelli che lo fanno ci danno dentro alla grande. Ma ci pensate? Vi passano sotto il naso milioni di euro per le ragioni più svariate, i fornitori fanno a gomitate per assicurarsi appalti che, lo sanno, si gonfieranno a dismisura nel corso dei lavori, voi siete un imbuto, dal quale deve passare ogni cosa per i permessi o per inserire qualche clausolina maligna nelle leggi, che favorisca l'uno o l'altro, e con tutto questo non vi viene la tentazione di allungare una manina per raccogliere qualche briciola, che poi anche le briciole sono fior di soldi? Ma via: in che mondo vivete?

Cittadino 1

Quello che lei ci ha raccontato dà, per

così dire, una motivazione al malaffare. Quando ti passa davanti qualche opportunità, se non sei proprio un duro e puro, la cogli. È nelle debolezze umane e questo lo si capisce bene. Ma non lo si approva: giusto?

Politico 1

Giustissimo! Io veramente non condivido il discorso fatto dal collega. È vero, nessuno di noi è nato ieri, ma sappiamo che vi sono anche politici specchiati, che pur in posti di responsabilità non cedono alle sirene della bustarella. Non faccio nomi per evidenti motivi, ma ce ne sono non pochi, non saprei dire se la maggioranza.

Cittadino 1

Va bene, spezziamo anche questa lancia a favore degli onesti. Tuttavia il costume della corruzione in politica non è così infrequente, a giudicare dalle cronache giudiziarie. Dai tempi di mani pulite è stato un susseguirsi di dimostrazioni di interessi privati in atti d'ufficio, tanto da far ritenere che anche il Politico 2 non abbia torto nel denunciare un andazzo iniquo, per lo più trasversale a tutti i partiti. Ma quello che qui ci interessa è trovare la risposta ad un'altra domanda. Noi cittadini vorremmo sapere come si combatte il malaffare, non chiediamo se esso esiste, chè di questo siamo convinti, al di là delle vostre affermazioni. Vorrei ben vedere che si alzasse qualcuno e ci dicesse: "ragazzi, non scherziamo, la nostra classe politica non è certamente corrotta, tutti sono al di sopra di ogni sospetto!". Uno che dicesse una cosa del genere sarebbe sommerso da sonore risate e spernacchiato per i tempi a venire! Torno dunque al quesito: come far sì che la classe politica si scrolli di dosso questa fama negativa, che diventi realmente onesta, tanto che non se ne possa più dire nulla di negativo, a parte per le poche pecore nere che sappiamo che sempre ci saranno?

Politico 2

Il modo ci sarebbe, ma andiamo a toccare un tasto che magicamente ne fa suonare altri cento. È tutto interconnesso, non si può pensare che una bacchetta magica con un tocco possa risolvere un problema: ci vogliono tanti bottoni da schiacciare, tanti pesi da bilanciare, tante volontà da accomunare. Diciamo che, ma parlo in generale, non solo dei politici, la punizione è sempre stata un grosso deterrente per le malefatte. Se le persone sanno che i rischi che corrono sono ben superiori ai profitti che ne possono trarre, ebbene, stanno molto attente a non sgarrare.

Cittadino 1

Giusto, ma la punizione dovrebbe essere esemplare e certa. Non si può pensare che uno se la possa cavare con una tiratina d'orecchie, una sanzione di tipo amministrativo, che magari viene poi evitata attraverso mille scappatoie. Certe persone vanno colpite nel portafoglio e nella libertà. Solo così anche altri, che avessero la tentazione di allungare le mani, si guarderebbero bene dal farlo per timore di vedersele tagliate.

Politico 1

Giusto anche quello che lei dice. Ma chi assicura che la condanna vi sia, che sia giusta e poi certa? I tribunali sono intasati da cause e vertenze di ogni tipo, siamo indietro con l'informatizzazione, gli organici sono quelli che sono, soggetti a tagli di personale, richieste di trasferimento ed altre amenità che di fatto bloccano il flusso corretto dei processi. In questa situazione i colpevoli ci sguazzano, loro ed i loro avvocati, capaci di sfruttare ogni cavillo di leggi che nel tempo sono andate complicandosi, attraverso una vera e propria stratificazione, con l'arrivo di altre leggi che complicavano le precedenti, se non addirittura entravano con esse in conflitto.

Cittadino 2

Basta, fermo lì! Non c'è proprio via d'uscita. L'interconnessione di cui lei parlava è questa, si pensa di mettere mano a una soluzione e si scoperchiano tante magagne da risolvere. Un labirinto nel quale i soliti furbetti sanno come muoversi per far perdere le proprie tracce.

Cittadino 1
si alza e, con gesti enfatici,
allargando le braccia, invita i
Politici ad andarsene

Scusate, ma a questo punto vorremmo essere lasciati soli. Se stiamo ancora ad ascoltarvi ripiombiamo nella disperazione e nella convinzione della ineluttabilità del disastro, nell'assuefazione al marasma, che tutti ci attanaglia e non consente di vedere la luce in fondo al tunnel. Grazie comunque per le vostre osservazioni.

> I due politici si alzano e, mestamente, abbandonano la scena.

Cittadino 2

È un bel casino. Se cerchi di abbandonare i giudizi spicci delle chiacchiere da bar, scendendo appena un po' più a fondo di questo spinoso argomento, rischi di non cavartela e di aggiungere confusione.

Cittadino 1

È vero quel che dici. Tuttavia all'Università ci hanno insegnato due cose. Che non bisogna arrendersi di fronte a un problema, pur se complesso. E che i problemi complessi si risolvono riducendoli a tanti problemi semplici, da affrontare uno per volta o, meglio, uno separatamente dall'altro. Altrimenti vai in confusione.

> Mentre i due discutono tra loro, si avvicina una bella ragazza, più o meno loro coetanea. Bionda, i capelli raccolti a crocchia sulla nuca, veste in

jeans con una maglietta attil-
lata che evidenzia un seno non
grande ma ben proporzionato.
Ha con sé una cartella che evidentemente contiene libri scolastici.
I due, man mano che si avvicina, le
dedicano occhiate di ammirazione, fino
ad arrestare il loro discorso.

Studentessa

Scusate se mi intrometto, ma ho casual-
mente ascoltato i vostri discorsi e mi
piacerebbe scambiare due idee con voi
sull'argomento.

Cittadino 1
facendole posto

Ma prego, accomodati, è un piacere. Di
che cosa ti occupi?

Studentessa

Sono al terzo anno di Lettere, con spe-
cializzazione in Antropologia sociale,
un corso di studi abbastanza nuovo, ini-
ziato quando mi sono iscritta tre anni
fa. Ci occupiamo di vari aspetti che riguardano l'uomo e la società. Non mi
dilungo, ma è un corso di laurea molto
interessante che fornisce numerose ri-
sposte ai comportamenti umani.

Cittadino 2

Noi però stavamo dibattendo delle problematiche della corruzione e dell'evasione fiscale. Non so se le tue conoscenze possano intervenire nell'acclarare il legame che esiste fra queste situazioni e suggerire come possano essere affrontate al fine di ridurne i disastrosi effetti sulla società.

Studentessa

Io credo di sì e vorrei, se mi consentite, darvene breve ma significativa dimostrazione.

Cittadino 1

Siamo tutt'orecchie e, se mi consenti la battuta, anche tutt'occhi, visto il tuo più che gradevole aspetto estetico.

Studentessa
senza raccogliere il complimento

Ebbene, dobbiamo riferirci alle teorie e conseguente raccolta dati del Professor Thomas Prinson, attualmente titolare della cattedra di antropologia all'Università di Turingia, nel bel centro della Germania.

Cittadino 1

Ci sei stata?

Studentessa
un po' piccata

No, ma ti prego di non interrompermi, altrimenti perdo il filo.

Allora, Prinson ha sviluppato la sua teoria nel libro Resources and Human Carachters, letteralmente andato a ruba tra gli studiosi, in quanto portatore di tesi che un po' tutti avevano in mente, solo che lui le ha articolate e in certa misura dimostrate.

Cittadino 2

Scusa, non intendiamo interromperti, ma se arrivassi al sodo guadagneremmo un po' di tempo.

Studentessa
dopo avergli dedicato lo sguardo che si rivolge in genere a un moscerino

Prinson, dicevo, sostiene che esiste una forte correlazione tra l'ambiente fisico e lo sviluppo caratteriale dei popoli. Per ambiente fisico egli intende il luogo, la temperatura media, il clima, se piovoso o solatìo o rigido, il numero di ore

di sole nell'anno e tante altre caratteristiche che non vi cito per non tediarvi,
ma che lui parametrizza, nel senso che le
mette in una scala da 0 a 10.

Cittadino 2
dopo aver dedicato un'occhiata al collega che lo ricambia
sollevando significativamente
le sopracciglia
Bene, io avrei un impegno...

Studentessa
No, aspetta, queste premesse sono ne-
cessarie per farvi capire di che cosa si
parla, in breve arrivo al nocciolo.
Priston ha poi individuato altri parametri che descrivono il comportamento dei
popoli e che sono il grado di civiltà, in
senso lato, la violenza nei rapporti degli
individui con i propri vicini, gli stranie-
ri e anche con gli animali, la scolarità,
il numero di libri che leggono ed altre
caratteristiche significative. Tra queste,
udite udite, c'è il numero di votanti nelle elezioni, ovviamente laddove si vota,
e infine la corruzione delle classi diri-
genti e dei cittadini e anche il livello di
evasione fiscale.

Cittadino 1

Un lavoro enorme, chissà quanto tempo ci ha messo.

Studentessa

Sapete anche voi che in Università i professori dispongono di una manovalanza culturale notevole tra gli studenti, indirizzando le tesi di laurea verso i campi più funzionali alle loro ricerche. Comunque, alla fine di tutto questo lavoro, Priston ha cercato l'esistenza di una correlazione fra i primi dati, quelli dell'ambiente fisico, e i secondi, quelli che lui definisce indicativi del grado di civiltà di un popolo.

Disponendo i vari punteggi su un piano cartesiano, ha verificato alcune interessanti nonché importanti correlazioni ed ha poi investigato se tali correlazioni avessero delle spiegazioni che le rendessero plausibili.

Cittadino 2

Molto interessante. In un certo senso mi ricorda, mutatis mutandis, le correnti che vogliono attribuire alle razze alcune peculiarità specifiche, caratteristiche cioè che si rintracciano più frequentemente in un gruppo etnico e non in altri. In senso ancora più lato si arriva agli studi di Cesare Lombroso, per non parlare dei famigerati tentativi del nazismo con Mengele.

Studentessa

Lasciamo stare questi ultimi nella stanza delle nefandezze, dove dobbiamo definitivamente relegarli.
Le altre speculazioni paiono tentativi lodevoli ma discutibili nei risultati, ormai passati nel novero delle curiosità più che delle certezze scientifiche.
Il discorso sulle razze merita una maggiore attenzione, anche se ormai la parola razza sarebbe bandita e considerata priva di significato. Certamente Priston, quando parla di popoli che vivono in certe condizioni e mostrano particolari elementi caratteriali, si avvicina a quei discorsi, pur restando in ambito diverso, cioè negli aspetti socio-culturali.

Cittadino 1

Scusate ma non vorrei che ci portassimo fuori tema. Vorrei prima arrivare al nocciolo delle scoperte di Priston per poi eventualmente calarci nei meandri delle disquisizioni di dettaglio.

Studentessa

Hai ragione, procediamo con ordine.

Dunque, Priston rivela l'esistenza di una forte correlazione tra la latitudine alla quale vivono i popoli e la loro organizzazione o, se preferite, disorganizzazione. In pratica, per dirla in poche parole sembrerebbe che il clima più caldo favorisca o abbia favorito comportamenti più lassisti nelle genti che in questo trascorrono la loro esistenza. Tutte le nazioni pertanto avrebbero un loro sud, anche quelle a latitudini elevate, e questo sud sarebbe molto differente dal nord in termini di corruzione e di mancanza di senso sociale. Più corruzione, più evasione fiscale, più indisciplina, più delinquenza, eccetera.

Cittadino 2

Ipotesi e tesi interessanti, che deporrebbero a favore di una rassegnazione: sarebbe infatti impensabile correggere le persone, se queste non sono sostanzialmente colpevoli dei loro atteggiamenti. Se infatti è vero che i condizionamenti ambientali rendono tutti omogenei nell'osservanza od inosservanza delle leggi, non possiamo ipotizzare azioni che conducano ad un futuro più roseo. Anzi, gli stessi governanti, che potrebbero e dovrebbero apportare le modifiche normative atte a raddrizzare le storture, sarebbero condizionati e quindi incapaci di agire.

Studentessa

Beh, ma non è forse quello che vediamo? Non abbiamo davanti agli occhi continui esempi di questo tipo?

Cittadino 1

Sì, la tua analisi, anzi, l'analisi di questo Priston che ci dici molto autorevole, pecca a mio giudizio di limitazioni importanti. Intendo soprattutto i fatti storici che non depongono a favore di queste conclusioni. Se pensiamo che la civiltà ha solide basi in Egitto, da qui alla Grecia, la Persia, la Roma imperiale, insomma, non mi sembrano paesi nordici, eppure hanno lasciato il ricordo di una grande efficienza e di solidi principi etici e sociali. In aggiunta, non possiamo non pensare che anche le vicende storiche dei popoli ne abbiano influenzato nel bene o nel male l'organizzazione e la composizione sociale. Mi sembra dunque che i parametri di Priston, che sembrano appartenere a variabili di tipo climatico, non siano sufficientemente comprensivi di tante altre varianti e sfaccettature che pure esistono.

Studentessa

Giusto, questa obiezione è stata sollevata da più parti. Priston tuttavia insiste sulla validità della sua teoria, seppur circoscritta in un certo ambito temporale, vale a dire immersa nei secoli dell'era moderna. Si tratta in ogni caso di una serie di dati che si relazionano molto bene.

Lui osserva che in quelle epoche lontane non esistevano civiltà nordiche alla pari di quelle che si erano evolute nel mediterraneo, parlando ovviamente del nostro occidente, e che quindi non vi fosse alcun paragone possibile con popoli del Nord.

Cittadino 2

Sì, la cosa è interessante e mi piacerebbe approfondirla. Che ne dici di mangiare un boccone insieme stasera?

Studentessa

senza degnarlo di una risposta
Bene, mi ha fatto piacere discutere con

voi di questa materia. Ci vediamo.

si alza ed esce dalla comune

Cittadino 1
Ecco, l'hai fatta scappare!

Cittadino 2
Beh, cosa cambia? Se voleva darci il suo numero di telefono ce lo dava lo stesso, nonostante il mio invito diretto, anzi, a maggior ragione. A parte questo, come hai trovato il suo intervento?

Cittadino 1
Sinceramente, un po' deludente, anche se qualche elemento di curiosità l'ha inserito, con questo sguardo di tipo antropologico all'uomo moderno.

Cittadino 2
L'approccio comunque farebbe pensare che non ci sia nulla da fare e che i tentativi di modificare la situazione siano destinati a frantumarsi come vetro sottile di fronte alla ineluttabilità ed alla predestinazione delle genti mediterranee, per non parlare di quelle ancora più a sud.

Cittadino 1

Dovremmo solo augurarci di essere colonizzati da paesi più propensi al convivio civile e ad un sistema sociale che privilegia il benessere comune e non l'arraffa arraffa che c'è da noi.

Cittadino 2

Il che, a ben guardare, non è così remoto, visto che siamo parte di un'Unione Europea che la sua influenza non può non portarla, con le leggi comunitarie che diventano sempre più numerose e condizionanti. Almeno, finché c'è un'Unione Europea...

Cittadino 1

Dopo queste tue ultime sagge parole, permettimi di offrirti un aperitivo. Mi sembra che siamo stati fortunati con questa esperienza di scambio di idee, reso esaustivo dalle categorie di persone che abbiamo incontrato. Cosa suggerisci come nota conclusiva?

Cittadino 2.

Con una leggera vena di pessimismo ti dico "amico mio, nun ce stà niente a' fa'!!"

In medio stat virtus

È uno degli intercalari più usati nei tempi. Assieme a l'uomo è cacciatore, il lupo perde il pelo ma non il vizio e simili amenità.

Virtus, che in latino ha moltissimi significati, in questo caso e per farla breve può essere tradotto con "giusto".

Il giusto sta a metà.

Questo già ci rivela che ci sono, in una retta ideale delle cose, dei concetti, dei dosaggi, due punti estremi, uno alla destra ed uno alla sinistra. Non si tratta, ovvio, di una disposizione geometrica, ma di tipo quantitativo ed anche qualitativo.

A sinistra poniamo la misura minima, la diminuzione del concetto, a destra la massima, l'esagerazione.

Ecco, in una contrapposizione tra l'enormità e il minimo, c'è una zona dove si posiziona il giusto.

Ma allora, minimo ed esagerato sono errati? Se il mezzo è giusto, sì, conducono all'errore. A meno che non si ammetta che possano esistere più giusti, che uno non esclude forzatamente gli altri. Più giusti giustificati da contesti diversi, che per loro natura consentono di porre l'asticella in posizioni che un altro contesto vedrebbe come errate.

Ma procediamo con ordine, altrimenti si crea un'enorme confusione, mentre noi ne vogliamo una media, che chiarisca ma lasci interrogativi alle speculazioni intellettuali di chi legge.

Facciamo dunque un esempio.

Si dice che la politica è l'arte della mediazione. Quindi si porrebbe a metà tra chi vuole con fermezza, tralasciamo la forza, imporre la propria idea e chi al contrario si accoda a quella altrui senza disquisire. Siamo dunque tutti, credo, d'accordo che è meglio ottenere risultati che sono frutto di mediazione tra le posizioni estreme che rischiano di scontrarsi e di impedire l'avanzamento delle cose da fare.

Sorge tuttavia un'obiezione, così spontanea nelle democrazie moderne. Ma se la ricerca del consenso comune e condiviso conduce all'immobilismo ed all'inazione? Se invece di trovarsi in un punto di equilibrio ciascuno rimane pervicace e inossidabile sulla sua posizione? Se altre motivazioni rischiano di obnubilare la vista e di portare ad un sostanziale stallo le proposte pur valide che vengono poste sul tavolo della discussone?

Ebbene, in questi casi è lecito, se non preferibile, puntare sull'estremismo e la determinazione? Il sacrificio della medianità è giustificato di fronte ad un muro di gomma che non recede e non ragiona?

Io dico di sì, che è meglio, ma certo esistono i fautori della virtus che proclameranno che in ogni modo va perseguita la mediazione, rimuovendo pertanto ogni ostacolo, anche al costo di un allungamento biblico dei tempi decisionali.

C'è da dire anche su cosa si intenda per estremi, i minimi ed i massimi all'interno dei quali si posiziona il medio, cioè la virtus.

Un esempio. Se prendiamo il fellone ed il coraggioso, in situazioni particolari, si rischia l'inazione. Bene o male la guerra esiste ed è una delle attività più praticate dall'uomo dalla sua nascita sulla terra. Immaginate un'azione di guerra ed il coraggioso che si lancia all'attacco del nemico rischiando di farsi ammazzare subito, mentre il pusillanime se ne sta ben rintanato in trincea, non rischiando nulla, nemmeno di sopraffare il nemico.

Ebbene, in questo caso l'asticella degli estremi va spostata, posizionando dall'una parte il prudente, evoluzione in positivo del fellone, dall'altra l'incosciente. Quest'ultimo si farà ammazzare subito, correndo arma in resta contro l'avversario, l'altro si acquatterà ogni tanto per offrire un bersaglio meno facile al nemico, per riprendere la corsa al diminuire del fuoco avversario, col rischio di non arrivare mai a raggiungerlo. Il medio in questo caso sta in colui che ci mette un pizzico di rischio in più, arrivando a tiro per sconfiggere il rivale, ma con il dovuto discernimento del rischio che sta correndo. Perché qui la virtus non è tanto salvare la pelle, quanto sconfiggere il nemico, col rischio calcolato di perdere la vita.

Un altro riferimento alla saggia prescrizione troviamo nell'età dell'uomo, che cammina a quattro zampe da cucciolo, poi a due e infine a tre, perché verso la fine non è raro debba ricorrere ad un bastone per sostenersi.

Ebbene, nell'età del vigore non sempre riesce a trovare quell'equilibrio che gli consentirebbe di vagliare le situazioni con maggior distacco, evitando così molti errori. Quando invece si avvicina al crepuscolo, le tinte tendono a smorzarsi ed uniformarsi e prevale una visione meno coinvolta, una pacatezza di giudizio, insomma quella saggezza senile che da un lato gli rende evidenti gli errori commessi in gioventù, d'altro canto lo protegge dall'onda dei sentimenti forti, che mal s'addirebbero a un fisico meno prestante.

Tutto bene?

Fino a un certo punto. Mal si addice al giovane l'eccessiva prudenza, che lo porterebbe ad un'inazione deleteria, scarsamente produttiva: vero che eviterebbe molti errori, ma lascerebbe inattive e trascurate quelle energie di cui dispone per progredire, per portare benefici a sé stesso e, perché no, a coloro che lo circondano, in una parola finanche alla società.

Come si arguisce, il discorso rischia di portarci agli estremi del mondo, a lidi che si allargano a scoprire spiagge peraltro già esplorate da chi ha semplicemente buon sale in zucca.

Che il valore o la virtù stiano nel mezzo è comunque proverbiale verità che è bene non far cadere nel sacco delle cose che non si usano, ma è invece il *post-it* da appiccicare ben in vista sulla lastra di vetro attraverso cui vediamo il quotidiano. E pazienza se in certi benauguurati casi, l'estremo ci si rivela migliore, innovatore o distruttivo di cose nefaste. Ce ne facciamo una ragione e non scalfiamo la nostra visione obiettiva e saggia del mondo.

Sogno o son desto

L'altra notte, verso il mattino, quando i sogni sarebbero più realistici ed addirittura preveggenti, ho sognato, appartenendo più alla prima categoria del realismo e della veridicità, che la vita è tutta un sogno.
Quindi la realtà non esiste o, se preferite, si realizza nel sogno.

Un pianeta gemello, o quasi, della nostra Terra esisterebbe (esiste?) a non so quanti milioni di anni luce. Visto che la luce viaggia a 300.000 km al secondo, fate un po' il conto di quanti chilometri fa in un anno. E in un milione di anni? Quanti zeri ci vogliono per rappresentare quel numero?
È dunque evidente che non ci si arriva, a meno di trovare fantascientifici, ma c'è chi dice che sono reali, tunnel spazio temporali. Io credo a questi tunnel. Come è infatti ragionevolmente accettabile che non si riesca ad entrare in contatto con qualcun altro nell'universo? Come facciamo a raccontarci i nostri sogni e loro a svelarci i loro?
La cultura ufficiale riconosce all'inizio

un uomo al centro dell'universo. La nostra smisurata presunzione ci pone in un minuscolo punto centrale attorno al quale tutto ruota, anzi, tutto esiste per lui e lui solo.

I primi selvaggi guardando, dopo essersi innalzati su un promontorio, vedevano un orizzonte lontano e diritto e, sopra di esso, un'innumerevole quantità di punti luminosi, le stelle, che parevano messi lì per decorare la necessaria alternanza tra giorno e notte. Come avrebbero potuto pensarla diversamente? Quale impensabile follia avrebbe consentito una diversa interpretazione di quanto appariva all'occhio? Chi poteva dichiarare mendace la natura, incolparla di nascondere verità diverse da ciò che appariva così evidente?

Lo stesso selvaggio, divenuto un po' più uomo, bisognoso di rispondere ai perché ed alle cause di ciò che lo circondava, desideroso di sapersi messo in quel luogo per qualche recondita nonché imperscrutabile ragione, non poteva non elaborare teorie coerentemente logiche sulla sua nascita e la sua esistenza. Se dunque lui, al quale tutto appariva come un'esterna ed eterna quinta della scena nella quale si trovava a trascorrere la vita, era lì, nel bel mezzo di tutto, allora era per lui stesso che tutto esisteva, solo per lui era stato messo in piedi quel po' po' di meccanismo. Nessuno poteva o riusciva a sfuggire a questo falso pensiero, poteva solo dare un'interpretazione diversa, tipo la causa che aveva realizzato, creato se preferite, questa realtà: chi pensava ad un'unica entità superiore, chi a un'assemblea di Dei intenti a condizionare l'esistenza, tutti comunque a un misterioso fattore creativo. Il quale, come caratteristica aggiuntiva poco fantasiosa ma inevitabile, non poteva che avere aspetto umanoide o comunque animale, legato com'era all'esperienza del vissuto quotidiano. Non potevano certo immaginare qualcuno senza occhi, magari ce n'era uno solo, ma c'era, o privo di braccia, poteva averne sei o solo due, ma doveva averle e così via, fino agli organi della riproduzione. Anche noi oggi difficilmente potremmo immaginare una forma astratta: quand'anche cubista essa avrebbe comunque apparati simili ai nostri.

Entrata nell'intelletto umano come un germe, la religiosità ha messo radici e queste, con il trascorrere del tempo, si sono ramificate, prendendo direzioni diverse, cercando alimento al proprio sorgere e prosperare in suoli disparati, tanto che nel giro di qualche secolo ciascuno aveva la sua di religione, più vera di quella dell'altro, dalle caratteristiche originali ed uniche rispetto alle altre, anche se non è affatto difficile scorgere quell'origine comune, quello stesso denominatore, che risale alla terra piatta ed al cielo sulla testa.

Chi si proclamava politeista, con diversi dei a sovrintendere le manifestazioni naturali, il vento, le tempeste, il sole (generalmente è questo il dio più dio degli altri), il mare, eccetera per un numero non indifferente di articolazioni. Chi per contro si dichiarava monoteista, un solo Dio, in grado di svolgere tutti i compiti, nessuna delega ma un accentratore pazzesco. Chi vedeva dio nella natura, un leone o un leopardo o un serpente o una montagna particolarmente alta ed inaccessibile.

Chi, ancora monoteista, aveva dei distinguo non di poco conto: un solo dio, ma diviso in tre (?), che però delegava a tanti "santi" incombenze protettive specifiche: protettore dell'aeronautica, della vista, dei pellegrini, dei malati, della caccia, dei marinai e naviganti, degli automobilisti, delle nazioni fino alle regioni e ai comuni.

Non c'è bisogno di dirlo, dato che è nella conoscenza di ciascuno di noi, che queste religioni mal si sopportavano tra loro. In fin dei conti è anche giusto: se la mia religione è più vera della tua, allora la tua è sbagliata, ma figurati, sarà sbagliata la tua, non la mia, ma come ti permetti, non bestemmiare, ti faccio passare io la voglia di criticare il mio dio, e via di seguito con queste amenità, che sarebbero tali se solo non fossero diventate e non fossero tuttora origine di guerre e di dissidi secolari ed insanabili.

È dunque possibile immaginare l'homo "sapiens" libero da tabù religiosi, da condizionamenti etici e giuridici che non trovino fondamento nella fede bensì nel ragionamento di civiltà e convivenza che dovrebbe stare alla base di una moderna civiltà?

Personalmente sono pessimista, anche se si riscontrano importanti segnali di distacco dai credo religiosi a vantaggio di una comprensione laica e razionale dei comportamenti e delle realtà fisiche che ci circondano.

L'arrivo delle teorie evoluzioniste, subito contrastate dalle creazioniste, sta a significare che l'occhio con cui si osserva il "creato" (questa parola è molto comoda per rappresentare l'esistente e sarebbe stupido rinunciarvi in virtù del suo implicito significato) è meno condizionato dalla visione religiosa, ma sottostà alla visione scientifica dell'universo e del nostro piccolo mondo che è il pianeta Terra. Molti, in numero crescente, pensano che ciò che ci circonda sia frutto di tanti piccoli cambiamenti naturali, avvenuti in migliaia di secoli, la cui somma fa molti grandi cambiamenti. Non c'è bisogno di ricorrere con la fantasia od il raziocinio all'esistenza di una mano che ha plasmato il mondo secondo un suo capriccio o un disegno del quale non si possono immaginare i fini. Tutto avviene perché conseguenza di un fatto precedente, ogni causa ha un suo effetto e ogni situazione è determinata da una che è venuta prima.

Questo determinismo di ferro sembra conoscere limiti invalicabili nel microcosmo, governato da teorie quantistiche

che pongono il "caso" nella successione degli eventi. "Dio non gioca ai dadi", si era lasciato sfuggire inizialmente Einstein di fronte all'emergere di queste teorie, convincendosi tuttavia in seguito della loro fondatezza. Personalmente non ci ho mai capito molto, so tuttavia per certo che esse non sono fondamentali per spiegare il nostro quotidiano agire, mentre potrebbero esserlo nella visione dell'universo e delle sue leggi, compresa la sua misteriosa nascita.

Forse nei sogni a volte sfioriamo verità nascoste, delle quali al risveglio serbiamo scarsa o nulla memoria, che comunque non ci impedisce, come potrebbe?, di recitare la nostra commedia esistenziale.

Forse.

La *nuova* scuola

L'amico Giasone Spada ha scritto, ormai un paio di anni fa, l'interessantissimo libro "A scuola con il *tablet*" al quale è anche arriso un discreto successo di vendita.

In esso esaminava l'evoluzione che l'insegnamento e, di conserva, l'apprendimento hanno avuto in seguito ed a causa dell'avvento dei *tablet*, dei *device* cioè che ci consentono tre cose che prima non avevamo: portabilità, sempre connessi, condivisione.

Non intendo togliere il mestiere a Spada e rimando al libro per chi volesse approfondire.

Che il processo di modifica "debba", non "possa", avvenire, non vale la pena di soffermarsi a discutere. Esso è già in atto, non per pochi pionieri, ma fissato in programmi di insegnamento che fanno uso delle tecnologie informatiche e della rete.

Piuttosto volevo proporre, a Spada e ad altri esperti, un paio di interrogativi che mi angustiano non poco.

Le trasformazioni, i cambiamenti in genere lasciano sempre qualche strascico di rimpianto sul come si stava bene quando si stava peggio o delle cose perdute e non sostituite con il nuovo.

L'ineluttabilità non costituisce consolazione, piuttosto impotente rassegnazione a qualcosa che in fin dei conti non si ama.

Tuttavia, nel nostro caso, sono innegabili la funzionalità e gli enormi vantaggi che l'avvento così prepotente dell'informatica nella scuola, una vera irruzione, porterà alle nuove generazioni, per le quali, alla fine, il suo uso nello studio sarà la normalità.

Nel libro di Spada si può vedere un filmato – intervista, dove un esperto dell'argomento assimila l'avvento della luce elettrica a quello dell'informatica nell'apprendimento. I suoi nonni, dice, ogni volta che giravano un interruttore e con una magia l'ambiente si illuminava, non smettevano di mostrare stupore per questo sortilegio; noi che siamo nati con la lampadina accesa, non facciamo neanche più caso all'aspetto tecnologico, ma la consideriamo una cosa normalissima, anzi ci stupiamo se pigiando il bottone restiamo al buio.

La stessa cosa è e sarà per l'uso del *tablet*

a scuola: a noi di qualche generazione fa pare strano e desta interrogativi, le future ci si troveranno come un pesce nel suo ambiente.

La "sperimentazione", che per molti è ormai cosa fatta ed ha ceduto il posto alla consuetudine routinaria, si è svolta soprattutto nella scuola primaria, per i bambini cosiddetti "nativi", che cioè sono venuti al mondo in una società tecnologica, dove *smartphone* e *tablet* sono arrivati nelle loro piccole mani da subito. Il video-gioco è stato il compito che li ha avvicinati a questi strumenti, divenuti per loro di uso normale, senza segreti da decifrare o barriere da superare, soprattutto di tipo psicologico. È la cosiddetta generazione *"one finger"* (un dito), che riesce a digitare un messaggio o a scegliere un brano musicale tenendo lo *smartphone* in una sola mano ed usando un solo dito della stessa.

Quando questi bambini, entrati a cinque anni in una primaria che fa uso normale del *tablet*, approdano a dieci in una media che ancora stenta a servirsene, si chiedono serenamente ed ingenuamente il perché debbano abbandonare uno strumento così funzionale per sostituirlo con molti libri e quaderni, oppure debbano ascoltare lezioni di professori che ripetono cose che loro trovano spiegate anche meglio su internet.

Si apre ovviamente tutto un dibattito dagli esiti ancora incerti, ma che troverà sicuramente la propria strada, attraverso curve e controcurve e passaggi imprevisti.

A mio giudizio, i più grossi interrogativi riguardano il ruolo dell'insegnante, l'affidabilità delle fonti, il destino di alcune materie.

Andiamo con ordine.

L'insegnante, parrebbe evidente, non sarà più colui che *ex-cathedra* somministra pillole di sapere a un gruppo di adolescenti, il cui compito è "solo" ricevere ed apprendere. Molto è già cambiato in questo senso e la sostituzione di un apprendimento passivo con uno più attivo e partecipativo è prassi che non si mette in discussione. L'insegnante diventa una guida all'apprendimento, un orientatore verso certi rami del sapere e un controllore del raggiungimento degli obiettivi scolastici.

Questo non basta, la funzione di guida all'apprendimento dovrà misurarsi con le competenze alle quali dovrà essere addestrato e che dovrà mettere in atto.

La sua autonomia da programmi di insegnamento non più ferrei sarà una conseguenza del dover seguire gli orientamenti della classe, anziché precederli ed imporli. Vi saranno obiettivi da perseguire, tipo lo studio di certi periodi storici o la conoscenza di certi principi matematici o delle relazioni esistenti in chimica e fisica o ancora dei principali pensatori nella filosofia, eccetera. Il modo di arrivare a queste conoscenze sarà però ibero, precipuo di ogni scuola, con possibilità di confronto e di scambio tra docenti, i quali avranno più occasioni di frequentarsi in veri e propri simposi dove porteranno le proprie esperienze a confronto, mettendo a disposizione dei colleghi utili elementi da adottare nei propri corsi di studio; non solo all'interno della stessa scuola, che già in certo modo avviene, ma tra scuole di regioni e di stati diversi.

Una professione dunque in evoluzione positiva, niente affatto sminuita da una apparente sostituzione della rete informatica alla funzione dell'insegnamento. La preparazione che si richiederà al personale docente sarà ampia e richiederà attitudine al lavoro di gruppo tra insegnanti e doti di iniziativa per trasfondere nelle rispettive classi quanto appreso dalle esperienze positive dei colleghi.

Va prevista, questo sembra ovvio, una buona preparazione informatica ed un aggiornamento sulle app, che numerosissime vengono proposte, molte delle quali si possono prestare alla bisogna, anche se non studiate espressamente per la scuola.

Dobbiamo attenderci il sorgere spontaneo di servizi che facciano per così dire il lavoro sporco di sgrossamento delle proposte del mercato, per consegnare a docenti ed al personale dirigente scolastico una rosa più ristretta degli strumenti hardware e software che rispondano alle esigenze, nell'equilibrio di costi e benefici.

E gli studenti? Il loro ruolo? La modifica dell'apprendimento con un netto passaggio dal nozionismo ad una conoscenza e competenza globalizzata e interdisciplinare di quelle che oggi chiamiamo materie?

Sapranno ancora scrivere a mano? Già oggi assistiamo al passaggio dal corsivo allo stampatello minuscolo, per fare un esempio. *Tablet* e *smartphone*, che pure hanno applicazioni che consentono la scrittura manuale tramite apposita penna, vengono utilizzati con la tastiera e, a breve, con la dettatura vocale, trasformata in testo dal *device*.

Saranno solo gli studiosi specializzati in certe materie ad utilizzare la scrittura a mano?, anch'essa riconosciuta dai software che la interpretano e traducono in testo a stampa.

Non me la sento di rispondere a questi interrogativi. È agli occhi di tutti che un profondo cambiamento avverrà, inarrestabile pur se non richiesto ed auspicato. Le solite retroguardie opporranno una resistenza di facciata che, questo posso affermarlo, sarà come sempre travolta dagli eventi e dalle abitudini che verranno assunte dalla popolazione più giovane.

Concludiamo questo breve viaggio nel nuovo della scuola con l'auspicio che la trasformazione avvenga in tempi brevi, facilitati dalle nuove generazioni che da discenti si trasformeranno in docenti. L'informatica ha aperto nuove frontiere, alcune preoccupanti e che destano dubbi sulla loro validità e sul potenziale pericolo che pongono ad una società che, invece di tendere all'efficienza, sembra a volte complicarsi ed essere addirittura più fragile di fronte ai blackout, alla criminalità, alla stupidità di chi subordina le proprie doti al protagonismo per emergere nella ribalta, costi quel che costi agli altri.

Ma, si sa, così va il mondo, così è l'uomo...

TDF
TuttoDiFretta

Era fatto così, non poteva farci nulla, tutto quello che faceva, lo faceva di gran fretta, come se dovesse prendere un treno di lì a poco o gli mancasse il tempo di vivere.

Al mattino si alzava, presto naturalmente, si infilava quello che c'era sulla sedia, indumenti indossati da più giorni, ché il cambiarli richiedeva un minimo di tempo che lui non aveva.
Una veloce doccia e, senza neanche pettinarsi, era pronto.
A mangiare ci impiegava un niente, ingoiando letteralmente i bocconi, tanto che, se gli capitava di pranzare con altri, finiva sempre un bel po' prima: diceva che è il sapore che conta e che questo lo si sente subito appena il cibo entra nel cavo orale. Era come se temesse che qualcuno potesse sottrargli il piatto da sotto il naso, lasciandolo a digiuno a morire di fame.
La conseguenza di questo modo di nutrirsi era che ingrassava, in quanto mangiava a dismisura, dato che lo stomaco

riceveva quantità esagerate di cibo, ché mai gli pareva di essere sazio, con quei bocconi ingurgitati a cascata.

Al computer era velocissimo, scriveva email con le dita che frenetiche si muovevano sulla tastiera e le inviava senza rileggerle, sarebbe stata una perdita di tempo, piene di errori.

Insomma, una vita tutta di gran fretta, senza una pausa di riflessione, senza neanche un momento per chiedersi: ma dove sto andando? come sto vivendo?

Un giorno, alzatosi come sempre di buonora, entrato in bagno si lavò sommariamente e si diede un'occhiata di sfuggita allo specchio: barba lunga, capelli scarmigliati, sguardo nel vuoto. Nulla di anormale e di nuovo, un ritratto già visto, non amato.

Fece per girarsi ed allontanarsi ma, con la coda dell'occhio, riscontrò che la sua immagine restava nello specchio, non si muoveva: lui era quasi fuori dallo specchiarsi e la sua persona era invece ancora lì, tutta intera.

Uscì dal bagno, fece due passi in corridoio poi, quatto quatto, si riavvicinò allo specchio e... era ancora lì, anzi l'alter ego sembrava guardarlo con aria un po' arcigna, di rimprovero, come un maestro con un allievo birichino.

Trascorse tutto il giorno, si fece un caffè, bevuto tutto d'un fiato, poi un altro, un piatto di pasta, mangiato con due forchettate, e ancora un caffè. Ogni volta, tra un'azione e l'altra, tornava in bagno, fiducioso che la sua immagine si fosse dileguata e che quell'inspiegabile incubo avesse termine, un risveglio da un brutto sogno. Invece era sempre lì, ben piantata di fronte a lui, la sua figura che lo rimproverava.

- Sto forse diventando pazzo? – si chiese il nostro, mentre alcune gocce di sudore freddo gli colavano dalle tempie al mento – Ma no, una bella dormita e domani sarà tutto come prima!-

si ripeté, tranquillizzante con una nota di ottimismo e un'ombra di dubbioso pessimismo che ostinata si affacciava alla mente e ritardava lo scivolare nel sonno ristoratore.

Appena sveglio, la prima cosa che gli venne in mente fu lo specchio e, senza frapporre indugi o scaramantiche lentezze, si precipitò in bagno dove, manco a dirlo, lo attendeva la triste sorpresa della solita immagine di sé stesso, riflessa e inamovibile.

Giunto a questa nuova conferma, non poté che chiedersi se per caso non stesse perdendo il senno e fece un veloce inventario: droghe non ne assumo, non bevo da tempo, non ho preso medicinali ultimamente, tranne l'aspirina di una settimana fa, per quel fastidiosissimo e irriducibile raffreddore, lo specchio è nuovo, la mia vista è buona ed attraverso la strada senza che un fuoristrada giunga inatteso ad appiattirmi...

Con la testa tra le mani, i capelli scomposti, ristette un paio di minuti a pensare a queste cose ed a domandarsi il perché di quello che succedeva. Non che fosse abituato a porsi delle domande ed a chiedersi i perché degli eventi, ma questo era talmente straordinario da distoglierlo dalla consuetudine e da costringerlo ad una pacata ed approfondita riflessione.

Girovagò per la stanza per ore pensando, come se stesse elaborando una nuova teoria della relatività ristretta, non osò più dare un'occhiata allo specchio, dando ormai per scontato il risultato e decidendo di lasciare in pace quel suo alter ego che viveva una sua vita e dimorava in uno spazio tanto immaginario quanto ignoto dietro al vetro. Alla fine si decise. Prese carta e penna e, dopo aver fissato per breve tempo la bianca parete di fronte a lui, cominciò a scrivere.

Caro Gesù... no, troppo natalizio

Gentile Padreterno.... troppo formale e chissà come interpreta il gentile

Egregio Dio... troppo distaccato, in fin dei conti siamo figli suoi

Caro Dio... ecco forse va bene, correttamente affettuoso ma rispettoso al contempo.

Esaurita l'importante fase dell'attacco, scrisse tutto d'un fiato una letterona di due pagine fitte, non dimentichiamo la sua calligrafia minuta e veloce, che suonava più o meno in questi termini:

Caro Dio, non sono felice, anzi, piuttosto angustiato; non trovo il bandolo di questa matassa che è la mia vita, un filo da seguire che mi porti a capire il senso; trovo difficile ogni cosa, anche se non me lo confesso; infine, adesso mi capita questa stranezza dello specchio, con la mia immagine, peraltro non bella, intrappolata dentro al vetro. Sto forse impazzendo? Oppure lo sono già, pazzo? Tu che puoi, mi dai una mano?

Ovviamente per riempire due pagine si dilungava in particolareggiate descrizioni di certi suoi stati d'animo e avrebbe potuto farlo molto di più, ma a un tratto gli sorse il dubbio che Dio potesse stufarsi di leggere tutte 'ste lagnanze e neanche arrivasse alla sua finale e sostanziale richiesta di aiuto.

Rilesse velocemente, trovò un paio di errori che decise non influissero sul succo del discorso e Dio avrebbe capito un po' di imprecisioni, piegò ed imbustò. Subito si presentò l'ostacolo: tutto bene finora, ma l'indirizzo? Non era come scrivere a Babbo Natale o a persona dall'indirizzo conosciuto; vero che Lui era ovunque, ma proprio per quello, dove mandargli la lettera?

Dopo aver rimuginato, decise: ci penserà Lui a farsela recapitare.

Scese in strada, andò alla più vicina buca delle lettere e con gesto rapido infilò la lettera e tornò a casa.

Se seguiamo il percorso della lettera nei giorni seguenti, la vediamo scaricata dalla buca e inoltrata insieme alle altre alla macchina che opera il primo smistamento. Da una parte quelle con indirizzo chiaro, letto in automatico dallo scanner, dall'altra quelle con indirizzo da decifrare.

Quella che stiamo seguendo, più che un indirizzo da decifrare ce l'ha, diciamo, generico, con quel PER DIO, in stampatello maiuscolo, che sembra più un'esclamazione che un destinatario.

Queste, una volta selezionate e verificata l'impossibilità di mandarle a una destinazione, vengono accantonate per qualche tempo e poi distrutte.

In capo a qualche ora dunque, la lettera si trova insieme a tante altre a giacere in un sacco, in attesa di destino migliore.

Nel frattempo e nei giorni a venire, TDF, convinto che il suo è stato solo lo sfogo di un folle, man mano perde la speranza che arrivi una risposta da Dio. Non che all'inizio non ci credesse, anzi, era sinceramente convinto che sarebbe stato ascoltato; tuttavia man mano che passano i giorni, riacquista concretezza la vanità di un destinatario inesistente ed irraggiungibile.

Fu dunque con la meraviglia di un bimbo a cui viene fatto un regalo inatteso, il trenino elettrico che aveva sempre desiderato ma che sapeva al di sopra delle disponibilità di papà e mamma, che un giorno, di lì a un mesetto, ricevette nella cassetta delle lettere una busta di un bel colore azzurro pallido, regolarmente affrancata, con il suo indirizzo scritto in stampatello con una penna ad inchiostro blu.

Salì le scale con un certo affanno, non per la fatica dei 4 piani da farsi a piedi in mancanza dell'ascensore, esercizio al quale era abituato, quanto per la forte emozione che gli aveva fatto ballare il cuore come un sismografo sotto una scossa del settimo grado.

Entrò in casa e si sedette sul divano, cominciò a rigirarsi la busta tra le mani, misurandone i profili, percependone la lisciezza al tatto, odorandola per scoprire eventuali effluvi paradisiaci.

Aveva capito che si trattava della risposta alla sua indirizzata a DIO, che aveva ormai quasi dimenticato, ma il cui ricordo si era risvegliato alla vista della lettera: non riceveva infatti mai posta da nessuno, tranne le solite bollette da pagare. Chi poteva mai avergli scritto se non DIO? O forse un buontempone, giunto in casuale possesso della sua lettera, si era divertito a scherzarci sopra, umiliandolo?

Non restava che aprirla, ma vorrei vedere voi che timore avreste nell'aprire e leggere una lettera che vi arriva dal Padreterno!!

Si alzò, lasciò la busta in bella vista sul divano, passò in cucina dove preparò una bella tazza di caffè forte, tornò, sedette sul divano rosso, sorseggiò un primo sorso e, preso il coraggio e la busta a due mani, la aprì, delicatamente, per preservare l'integrità dell'involucro.

Estrasse due fogli. Sul primo campeggiava un bel CIAO TDF, scritto in bella calligrafia, con lo stesso inchiostro blu dell'indirizzo.

Sotto c'era semplicemente cosa posso dirti io? al quale seguiva... un bel niente! Tutto il foglio era candido, un vuoto siberiano, e così il secondo. Nulla!

Anche il retro, che subito interrogò per capire, non mostrava alcun segno, neanche un graffio, una macchiolina. Niente di niente!

Ristette. Sul suo viso si disegnò l'espressione di incredula e frustrata meraviglia di un fruttivendolo a cui hanno appena comunicato che un supermercato aprirà a breve accanto al suo negozio. Non capiva, non si spiegava.

Ma come, uno riceve finalmente la lettera che Dio si disturba in un modo o nell'altro a fargli avere, dovrebbe essere doviziosa di consigli, suggerimenti, se va male di rimproveri, e invece... due fogli bianchi! Viene il dubbio che la lettera capitata in mano ad un buontempone, abbia ricevuto questo riscontro, invero neanche scherzoso, che non fa ridere e non dà soddisfazione al burlone.

Insomma, questo fatto inspiegabile getta il nostro in una profonda disperazione, fatta di interrogativi ai quali non sa dare risposta e, soprattutto, generata dall'insipienza della missiva, dalla mancanza di quel supporto che aveva richiesto, che più non aspettava e che ora sembrava finalmente giunto a colorare con un po' di azzurro il suo cielo grigio. Sente spuntare una lacrima e non fa nulla per fermarla: si ingrossa e alla fine cade, proprio in mezzo al foglio, e poi un'altra.

Guarda ancora quel foglio bianco ma ora, proprio dove è caduta la lacrima, compare una scritta di colore blu, solo due tre lettere, in o ino o ina. Man mano che la goccia si allarga altre lettere compaiono, anche dove è caduta la seconda lacrima.

È allora che parte un pianto ristoratore, misto di incredulità e felicità, che man mano, un foglio dopo l'altro, rivela tutto il testo scritto a mano, in calligrafia elegante, leggibilissima.

Finalmente si dispone comodo e inizia a leggere. Più avanza e più gli viene da piangere, perché chi ha scritto quelle parole, ma chi le ha scritte?, lo conosce bene e sa bene penetrare la sua anima, anima?, ed il suo pensiero, come mai nessuno, compreso lui stesso, è mai riuscito.

E man mano le sue lacrime vanno a scoprire altro testo, altre parole, altri concetti, come in una stanza dove dal buio si accende una luce e tutto d'incanto prende forma e colore.

Non ci è dato di sapere che cosa Dio abbia consigliato o semplicemente detto al nostro amico TDF. Non ce lo ha mai raccontato, né a noi né ad altri. È un segreto che custodisce gelosamente nel cuore e non pensate di sottrargli la lettera. L'ha letta tante volte da impararla più che a memoria, da inciderla nella sua mente come con uno scalpello: indelebile. Dopo di che ha spezzettato quei due fogli in tremila pezzi e li ha consegnati al vento in una giornata di Primavera, di quelle con tutte le nuvole spazzate via ed il cielo rimasto di azzurro terso ed intenso. Forse era un'istruzione contenuta nella lettera o forse una sua scelta: non sappiamo.

****

Da quel giorno è passato qualche anno. Sono successe molte cose al mondo. Si è inasprita la lotta medioriente – occidente, l'economia è ulteriormente peggiorata, circolano sempre più auto elettriche, anche perché il petrolio sta per essere bandito dall'uso, in tutti o quasi i suoi derivati, l'Italia ha un nuovo governo, formato da cinque partiti, due dei quali minuscoli che lo tengono costantemente in scacco, minacciando di far saltare le intese, le tasse sono cresciute, per supportare i costi delle migrazioni che non si fermano e le pensioni sono praticamente inesistenti. Cose ordinarie, sempre più verso il peggio, al quale, come nel cerchio, non c'è mai una fine.
È una giornata di luglio, calda ed appiccicosa. La gente si muove come in trance, sia per come si vive con tutte le

cose che ho appena citato, sia perché la calura, che segue un inverno senza precipitazioni, opprime fisico e psiche.

Un bimbo dell'età di circa 6 anni cammina frettoloso, braghette corte (tornate di moda, anche per risparmiare tessuto), maglietta verde a maniche corte, bruno, un viso simpatico e sveglio.

Lo segue, a pochi metri, il nostro TDF, pantaloni beige di lino, stirati per quanto si possa allisciare il lino, una camicia bianca, candida, occhiali scuri e un cappellino di paglia giallo dal quale spunta un corto ciuffo color grigio. Ogni tanto solleva il copricapo per prendere aria e detergere qualche goccia di sudore, con un fazzoletto bianco che tiene in mano, e si può scorgere la capigliatura brizzolata, abbastanza ordinata, pettinata all'indietro.

- Papà, muoviti o perdiamo il treno...

Paolo Gherardino

 Nato in provincia di Siena, si è trasferito con il padre, funzionario statale, in Sicilia dove, in un paesino vicino ad Enna, è cresciuto e vive tuttora.
Laureatosi in Lettere, insegna la materia nelle scuole superiori.
Ha scritto molto, mai pubblicato, preferisce tenere per sé le proprie esternazioni letterarie, "troppo misere di fronte ai veri scrittori", come lui stesso ammette, con questo ponendo sotto il giudizio di severa critica la moltitudine di opere di improvvisati e spontanei scrittori.
I pensieri oggetto del libro escono più per scelta civica che letteraria, appartenendo secondo lui alla saggistica e non fatti per la lettura di svago.

© Mnamon - luglio 2016
© Paolo Gherardino - luglio 2016
ISBN: 9788869491306
In copertina: "Cat on roof"
by adrenalinapura